Disney · PIXAR
MONSTRES, INC.

Rires monstres

Sulley est inquiet. Maintenant à la tête de Monstres, inc.,
il doit s'assurer que le niveau d'alimentation de la ville en électricité
demeure élevé. Mais aucun monstre ne récolte suffisamment de rires.

Il se rend au département des rires et jette un coup d'œil par la porte d'une garde-robe. Il aperçoit Pauley, un de ses monstres d'élite, assis sur un tabouret, qui raconte une blague à un garçon.

—Ah, je l'ai déjà entendue celle-là, dit l'enfant en bâillant.

Sulley referme doucement la porte. Puis, il aperçoit Lanky sortir d'une autre garde-robe.

—Comment ça s'est passé là-dedans, Lanky ? demande Sulley.

—Bien… l'enfant m'a lancé son verre de lait à la figure avant de tomber endormi ! Alors qu'est-ce que tu en penses ? s'écrie-t-il en s'en allant d'un pas lourd.

—Hum, c'est pire que je ne le croyais, dit Sulley.

À l'heure du dîner, Mike et Sulley partagent une pizza dégoulinante avec « extra tentacules ».

—Mike, nous avons un problème, explique Sulley. Les monstres ne sont plus drôles. Tous leurs tours sont dépassés et ennuyants.

Mike réfléchit pendant un instant.

—J'ai trouvé ! dit-il en claquant des doigts. Je vais écrire de nouvelles blagues pour tous les monstres. Je vais m'assurer qu'elles soient excellentes, Sulley !

Mike passe les nuits suivantes à écrire des blagues et à inventer des gags. Il est tordu de rire !

—Hé, vous pensez faire peur ? Les enfants n'ont pas peur
de moi. En fait, vous savez ce qui est le comble pour un cyclope
comme moi ? C'est de se mettre le doigt dans l'œil !

Mike fait ensuite un numéro de jonglerie avec des dentiers qui claquent… il chante une mélodie en rotant… et termine en imitant une boule de quilles !

Après le spectacle, Mike remet une copie à chacun
des monstres.

— Vous n'avez qu'à raconter les blagues de la même façon
que moi, et je vous garantis que les enfants tomberont de leur lit !

À l'étage des rires, les monstres ont tous hâte d'essayer les nouveaux numéros comiques. Mike et Sulley se félicitent l'un l'autre.

—Ça va être génial ! se réjouit Mike.

Mais les choses ne se déroulent pas comme prévu. Pauley essaie une des blagues de Mike sur une fillette.

—Qu'est-ce qui fait fâcher un cyclope ? demande-t-il. Se faire regarder d'un mauvais œil !

L'enfant regarde Pauley et ses seize yeux sans broncher.

Ricky a aussi des ennuis de son côté. Le dentier qui claque n'entre pas bien dans sa bouche !

Quant à Spike, alors qu'il tente de prendre la forme d'une boule de quilles, son corps reste collé au sol.

—Ah ! Ils sont trop mauvais ! dit Mike. Je dois leur enseigner comment raconter des blagues comme je le fais !

—Mais Mike, c'est ça le problème, explique Sulley. Les autres monstres ne peuvent pas raconter les blagues comme toi, puisqu'ils ne sont pas toi !

Mike regarde les monstres anéantis et pousse un soupir.

—D'accord, je vais trouver une autre solution, dit-il.

Le lendemain, les monstres arrivent à l'étage des rires dans un état pitoyable.

— C'était bien plus facile de faire peur, dit Spike.

— Nous n'arriverons jamais à faire rire les enfants ! s'écrie Lanky en partant à courir.

Oups ! Lanky glisse sur une pelure de banane et vole dans les airs. Lorsqu'il tombe sur le sol, il est tout emmêlé, comme un bretzel ! Lanky et les autres monstres éclatent de rire.

—Ça y est ! s'exclame Mike. Plutôt que de m'imiter, vous n'avez qu'à rester vous-mêmes. Les rires viendront naturellement !

Mike aide chaque monstre à trouver ses propres blagues.

Il demande à Pauley d'expulser quelques-uns de ses yeux.

—*Oups*, désolé… je ne voulais pas lancer mes yeux sur toi, s'excuse Pauley.

—C'est parfait ! s'exclame Mike.

Puis, Ricky invente une blague de monstre.

—Est-ce que les monstres mangent leur maïs soufflé avec les doigts ? demande Ricky. Non, ils gardent les doigts pour la fin !

—*Ha ! ha !* s'esclaffe Mike. J'adore ça !

Avec l'aide de Mike, Spike dresse une liste de ses dix meilleurs tours.

—Et à la première position : le grilleur rapide de guimauves !

En plus de son tour du bretzel, Lanky tente de mettre ses aptitudes à profit.

—C'est moi qui ai inventé le jean ajusté, dit-il.

Quelques jours plus tard, le département des rires bourdonne d'activités. Derrière les portes de garde-robes, les enfants rient à s'en décrocher les mâchoires.

—Beau travail, Mike ! Le niveau d'énergie ne cesse de grimper !
dit Sulley.

Mike sourit. Il ne pourrait être plus fier des monstres.

—Je n'ai rien fait, répond-il. Ces gars-là ont un don inné.

Tandis que Mike s'apprête à passer une porte, Sulley l'arrête :

—Hé Mike ! Comment appelle-t-on un monstre vert cyclope avec une grande bouche ?

—Un monstre incroyablement séduisant ? demande Mike.

—Non, un sacré boute-en-train !

—Merci mon ami, répond Mike.

Puis, il ouvre la porte.

—Que le spectacle commence !